W9-BDM-542

Frissella 2
la fantôme

Frissella ne
se voit plus aller

Catalogage avant publication de Bibliothèque et Archives Canada

Cantin, Reynald

    Frissella ne se voit plus aller

    (Frissella la fantôme; 2)
    (La joyeuse maison hantée; 6)
    Pour les jeunes de 7 à 12 ans.

    ISBN 2-89591-014-6

    I. Thibault, Paule. II. Titre. III. Collection: Cantin, Reynald.
Frissella la fantôme; 2. IV. Collection: Joyeuse maison hantée; 6.

PS8555.A554F75 2005   jC843'.54   C2005-940829-4
PS9555.A554F75 2005

Tous droits réservés
Dépôts légaux: 3e trimestre 2005
Bibliothèque nationale du Québec
Bibliothèque nationale du Canada
ISBN 2-89591-014-6

© 2005 Les éditions FouLire inc.
4339, rue des Bécassines
Charlesbourg (Québec) G1G 1V5
CANADA
Téléphone: (418) 628-4029
Sans frais depuis l'Amérique du Nord: 1 877 628-4029
Télécopie: (418) 628-4801
info@foulire.com

Gouvernement du Québec – Programme de crédit d'impôt
pour l'édition de livres – gestion SODEC.

IMPRIMÉ AU CANADA/PRINTED IN CANADA

Frissella la fantôme 2

Frissella ne se voit plus aller

REYNALD CANTIN

Illustrations
Paule Thibault

La Joyeuse maison hantée

Oh non! Comment faire pour effrayer
ce turbulent Manuel?...
Plus capable d'apparaître, maintenant!
Me voilà invisible pour toujours!
Une fantôme invisible,
ça ne fait peur à personne.
Et une fantôme qui ne fait pas peur,
à quoi ça sert?

N'hésite pas à venir me visiter
à ma cybermaison hantée
www.joyeusemaisonhantee.ca

La Joyeuse maison hantée

La Joyeuse maison hantée est une clinique de thérapie. Mais pas n'importe quelle sorte de clinique : elle est réservée aux créatures fantastiques.

Tous les dragons, ogres, vampires, sorcières, monstres, fantômes, trolls, chats de sorcières et autres y sont les bienvenus. Au moindre problème, le docteur Sigsig s'empresse de les soigner.

Sigsig et Mermiz, son assistant, sont les deux seuls humains de cette Joyeuse maison. Avec l'aide de Carmelita, la grenouille détectrice de mensonge, ils s'efforcent de trouver le remède aux problèmes de chacun : des potions pour les monstres trop émotifs, des thérapies-chocs pour les chats joueurs de tours, des visites à l'Asile des fantômes défectueux pour régler les problèmes de Frissella… Le célèbre docteur Sigsig n'est jamais à court d'idées !

MANUEL, SOMNAMBULE

Le Grand Fantôministre, maître de tous les fantômes, l'a lui-même annoncé à Frissella :

– Le petit Manuel, c'est la mission de ta vie... C'est ta dernière mission.

Minuit approche. Frissella se retrouve encore une fois dans la chambre de Manuel. Le petit garçon dort paisiblement. C'est elle, la jeune fantôme, qui est énervée.

« C'est lui qui devait avoir peur, pas moi ! songe Frissella, frustrée. La fantôme, c'est moi, après tout ! »

C'est la septième nuit que Frissella passe dans la chambre du garnement. Elle a vu le soleil se lever six fois sans oser lui apparaître. Le Grand Fantô-ministre lui a expliqué :

– Rappelle-toi, Frissella : avec Manuel, tu dois garder ton calme. Sinon, tu perdras encore une de tes facultés de fantôme. Il s'agit simplement de tran-quilliser ce petit garnement.

Mais Frissella n'y arrive pas. En présence de ce garçon, impossible de rester calme. En plus, elle est inquiète à cause de l'extrême importance de sa mission. Va-t-elle encore laisser passer la nuit sans rien faire ?...

Soudain, Manuel s'assoit sur le bord de son lit. Les yeux fermés, il lève les bras droit devant lui et se met debout. Puis il avance vers la porte de sa chambre... l'ouvre. Il se dirige vers la cuisine.

Invisible et silencieuse, Frissella le suit.

Le garçon prend le litre de lait dans le réfrigérateur. D'une armoire, il sort la boîte de biscuits. Il s'installe à table. Les yeux toujours fermés, il mange un premier biscuit, puis boit le lait directement du carton. Entre chaque bouchée et chaque gorgée, un petit sourire se dessine sur ses lèvres.

Intriguée, Frissella l'observe de loin.

«Il est somnambule! comprend-elle tout à coup. Il dort debout. C'est le moment d'agir! Un somnambule qu'on réveille subitement peut avoir la frousse de sa vie. À nous deux, mon petit!»

Mais la fantôme est saisie par un doute. Les yeux de Manuel sont curieusement plissés. Prudente, elle contourne la table et va se placer à côté de l'enfant. Elle le regarde de profil.

– Le petit sacripant!

Manuel vient d'entrouvrir les yeux pour regarder vers le corridor.

– Il ne dort pas du tout! Il fait semblant d'être somnambule!... Il guette l'apparition de ses parents!

Oubliant les conseils du Grand Fantô-ministre, Frissella est furieuse.

– Ah! c'est comme ça! Eh bien, la prochaine fois que tu vas ouvrir les yeux, il va y avoir toute une surprise pour toi dans le corridor!

Frissella se place exactement devant Manuel. Avant qu'il ouvre les yeux, elle se rend visible aux mortels.

«Cette nuit sera la bonne!» triomphe-t-elle déjà.

Minuit approche sur l'horloge de la cuisine. Le tic-tac marque les secondes

qui s'écoulent lentement. Manuel commence un deuxième biscuit. Il n'a pas encore rouvert les yeux.

Fébrile, Frissella flotte en silence dans le corridor.

LA FROUSSE DE... FRISSELLA

Sur l'horloge, les trois aiguilles s'unissent. Minuit. À cette seconde précise, Manuel ouvre les yeux. Il regarde droit dans le corridor, en direction de Frissella.

– Quoi?! s'étonne la fantôme. Il n'a pas peur!

En effet, l'expression de l'enfant n'a pas changé. Très calmement, avec le même petit sourire, il prend une autre gorgée de lait, le regard fixé sur la fantôme.

– Mais il se moque de moi!

Frissella n'y comprend rien. Manuel aurait dû sursauter en la voyant. Au lieu

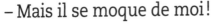

de cela, il sourit et continue à manger tranquillement, une moustache de lait sous le nez.

– On dirait qu'il ne me voit pas ! C'est impossible !

Soudain, les yeux de Manuel deviennent grands et ronds. D'un coup, il a cessé de mastiquer son biscuit. Il s'est arrêté net, le carton de lait à la main. Il est figé de peur.

– Enfin, il me voit ! se réjouit la fantôme.

Le petit garçon semble horrifié à la vue de la terrible Frissella. Il dépose le carton de lait sur la table. Il se lève et recule en avalant d'un coup son dernier biscuit. Pour se faire encore plus impressionnante, Frissella avance vers l'enfant effrayé. Elle lève les bras, écarte les doigts et montre les dents.

– Tiens, mon petit bonhomme !

Au comble de la joie, Frissella lui fait des yeux terribles. Manuel est terrorisé. La fantôme se prépare à pousser son cri de mort. Le cri qui ne pardonne pas. Mais une voix derrière elle la fait sursauter:

– Manuel! Qu'est-ce que tu fais là?

Frissella se retourne. Dans le corridor, la mère de Manuel, les poings sur les hanches, regarde son fils d'un air sévère.

– Retourne te coucher... Tout de suite!

Manuel se précipite vers sa chambre. Frissella n'en croit pas ses yeux. Personne ne semble la voir.

La mère se dirige vers la table de la cuisine. Elle ramasse le litre de lait et la boîte de biscuits. Elle range tout. Enfin, elle retourne dans le corridor et ouvre la porte de la chambre de son fils.

– On reparlera de tout ça demain... Maintenant, c'est l'heure de dormir. Il est minuit passé.

«Minuit passé! pense Frissella, abasourdie. Je n'y arriverai jamais. Ce petit Manuel est impossible. C'est trop pour moi.»

Découragée, Frissella se retrouve seule au milieu de la cuisine, face au corridor maintenant vide. Au bout du corridor, il y a un grand miroir. Et dans le miroir... rien! Pas de Frissella!

– Qu'est-ce que...?

Frissella ne se voit pas dans le miroir.

– Mais je suis invisible! Tout à l'heure, Manuel ne me voyait pas. Il a eu peur de sa mère... pas de moi. J'avais pourtant fait tout ce qu'il faut pour me rendre visible aux mortels.

Elle se place bien en face du miroir mais, devant elle, c'est toujours le vide. Frissella pleure de rage. Elle ne voit personne dans le miroir. La fantôme n'est plus capable d'apparaître.

– Je suis perdue!

Elle se rappelle alors les paroles du Grand Fantôministre:

– Si tu as un problème, reviens voir le docteur Sigsig.

Aussitôt, Frissella traverse le toit de la maison... *whooouch!*... et se retrouve sous le croissant interrogateur de la lune.

Dans le ciel étoilé de la ville, elle vole vers la Joyeuse maison hantée.

LE PARFUM DE L'IRIS ATCHIUM

Au milieu de son jardin, derrière la Joyeuse maison hantée, le docteur Sigsig est penché sur une petite fleur bleue et jaune. Un iris. Sur la tête du savant, pas un cheveu ne bouge. Il tient un filet à parfums, semblable à ceux qu'on utilise pour attraper les papillons. Immobile, Sigsig attend... Il attend que la fleur éternue.

Le docteur est nerveux. Il ne doit pas manquer ça. L'iris Atchium n'éternue qu'une seule fois dans sa vie. C'est à ce moment uniquement que cette fleur donne son parfum. Il faut l'attraper avec un filet à parfums, puis l'emprisonner dans une fiole aspirante.

La fiole aspirante est par terre, tout près de la fleur. À côté, un bouchon de liège.

Sigsig connaît bien les vertus de l'iris Atchium. Son arôme miraculeux peut guérir les plus graves maladies de fantôme. Sigsig est soudain interrompu dans ses réflexions.

– Aaaatt...

La petite fleur s'est ouverte. Elle va éternuer !

Le docteur lève son filet, prêt à saisir le précieux parfum. Au même moment,

toujours invisible, Frissella atterrit dans le jardin, derrière Sigsig.

– Aaaatt... aaaatt...

Les pétales de l'Atchium s'ouvrent de plus en plus. Le moment tant attendu va arriver. Le docteur devra être très rapide. Frissella s'avance tout près. Soudain :

– Aaaaaatt... tchiiiiiiiiiiiiiiiiiiii!...

La fleur a éternué. Elle projette son parfum dans la nuit.

D'un geste habile avec le filet, Sigsig balaie l'air au-dessus de l'Atchium, en

saisit toutes les particules, emprisonne l'arôme inestimable. Puis il se penche vers la fiole aspirante...

Elle n'est plus là!

Affolé, Sigsig cherche autour de lui. Rien!

– Ici, docteur! lance Frissella.

Sigsig lève les yeux. Ses cheveux se dressent sur sa tête. Devant son regard étonné, la fiole aspirante et son bouchon flottent dans l'air. Sans comprendre ce qui se passe, il saisit la fiole et l'enfonce dans le filet à parfums. Aussitôt, l'arôme de l'Atchium est aspiré.

– Vite! Le bouchon! ordonne Sigsig.

Frissella plonge dans le filet du docteur. Vivement, elle bouche la fiole. Le filet à parfums s'agite dans tous les sens. La fantôme se débat pour en sortir.

– Sigsig! Ouvrez votre filet! C'est moi, Frissella! La fiole est bouchée.

– Frissella !

Délicatement, le docteur ouvre son filet. La fiole en sort, suspendue dans le vide. Sigsig la récupère.

– Pourrais-tu maintenant apparaître, que je te voie ?

– Je ne peux pas.

– Comment, tu ne peux pas ?

– Rien à faire. Ça ne marche plus. C'est encore arrivé chez Manuel. Avec lui, je ne peux plus...

– Bon, écoute, on en reparlera plus tard. Il faut d'abord s'occuper de l'Atchium.

– Mais elle est morte, votre pauvre fleur.

En effet, tous les pétales de l'iris sont tombés. La tige est couchée sur le sol. Au bout, il ne reste qu'un minuscule bouton blanc, comme une perle.

– Elle n'est pas vraiment morte, explique Sigsig. Ce bouton blanc contient une graine qu'il faut remettre en terre. Un autre Atchium repoussera et fleurira. Puis il éternuera. C'est comme ça, la vie de l'iris Atchium.

Tout en parlant, le docteur détache le bouton blanc de la tige, puis se dirige vers la Joyeuse maison hantée. Dans une main, il tient le germe de l'Atchium ; dans l'autre, son dernier souffle.

Invisible, Frissella suit l'étrange savant. Elle est un peu triste à cause de la petite fleur morte, mais elle est aussi habitée d'un grand espoir. Cet homme aux mille connaissances va sûrement la guérir de sa terrible maladie... l'invisibilité chronique !

L'IRIS DE FRISSELLA

Dans la cuisine de la Joyeuse maison hantée, le désordre règne. Seul Sigsig peut s'y retrouver.

En entrant, le docteur pose la fiole aspirante sur la table. Devant une Frissella étonnée, il glisse son pouce sur le ventre de la fiole. Aussitôt apparaît le mot *Atchium*.

Il place la fiole sur une tablette haute, avec d'autres contenants aux formes variées.

Le docteur ouvre ensuite un long tiroir dissimulé sous la table de la cuisine. Il en sort une petite boîte de velours. Un écrin! Il y dépose la précieuse graine de l'Atchium, comme si c'était un bijou. Puis il referme le tiroir, qui disparaît sous la table.

– Bon! Maintenant, à nous deux, Frissella!

– Aidez-moi, docteur, je suis invisible.

– Je vois.

– Vous me voyez?

– Non, Frissella, je ne te vois pas. Ce que je vois, c'est que tu es invisible.

Sigsig réfléchit pendant de longues secondes. Ses cheveux ondulent dans tous les sens. Enfin, il annonce:

– Il faut que je t'examine.

– Comment allez-vous faire? Je suis invisible!

– Je sais. Il existe pourtant un moyen, annonce Sigsig. J'ai des lunettes qui...

– C'est vrai! s'exclame Frissella. Vos lunettes spéciales! Vos lunettes-à-voir-les-fantômes! Vous les avez encore?

– Oui, je les ai, répond Sigsig, mais quand je porte ces lunettes-là, j'ai le mal de mer.

– Le mal de mer?

– Oui. Comme si j'étais sur un bateau bercé par de grosses vagues. Rien que d'y penser, le cœur me lève.

– Comment on va faire? demande la jeune fantôme. Je ne peux pas rester invisible toute ma vie. Pour réussir ma mission, il faut que Manuel me voie.

La voix de Frissella exprime une grande déception. Le docteur le sent bien.

– Bon, d'accord, ma petite, je vais t'examiner. Après tout, ce n'est qu'un mauvais moment à passer pour moi.

Sigsig relève la tête et essaie vaillamment d'avoir l'air confiant. Il se met à chanter de sa voix rauque :

♪♪ *Quelle énigme ! Sig, sig, sig !*
Quel coco ! Ho, ho, ho !
Quel génie ! Hi, hi, hi !
Je vais trouver ! Yé, yé, yé ! ♪♪

Entendre Sigsig chanter, c'est aussi un mauvais moment à passer pour Frissella ! Enfin, le docteur se tait et déclare :

– Il faut que j'observe ton iris pendant quelques secondes.

– Mon iris ? s'étonne Frissella. Mais je n'ai pas d'iris, moi.

– Je ne parle pas de la fleur. Je parle de l'iris de tes yeux. La partie colorée.

– J'ai un iris dans les yeux ?

– Oui, comme tout le monde. Même les mortels en ont un. C'est ce qui donne la couleur aux yeux. Autrefois, j'ai appris comment lire l'iris des fantômes. C'est une science très ancienne : la fantômirisologie.

– Vous êtes fantômirisologue ?

– Exactement.

– Et qu'est-ce que vous allez lire dans mon iris ?

– Peut-être la cause de ton invisibilité, répond Sigsig d'un ton incertain. Et le remède qu'il te faut... Enfin, j'espère.

Puis, il se ressaisit :

– Bon, allons-y.

Sigsig sort de sa poche une étrange paire de lunettes vertes et jaunes. Elles ressemblent à des lunettes de plongée sous-marine.

– Écoute-moi bien, Frissella. Tu vas t'asseoir là, sur cette chaise... et ne pas bouger. Compris? Si tu bouges, je vais être malade et je ne verrai rien dans ton iris.

– Oui, docteur, promis. Je ne bougerai pas.

– Bien... Es-tu assise?

– Oui, docteur.

Sigsig installe un petit banc rond devant la chaise de Frissella. Il s'assoit dessus. Puis, avec précaution, il chausse ses lunettes. Elles lui donnent l'allure d'un clown. Frissella a envie de rire. Elle doit faire de grands efforts pour se retenir.

Sigsig ajuste les deux lentilles rondes bien en face de ses yeux. D'abord, il ne voit qu'une chaise vide. Puis, peu à peu, une silhouette assise se dessine. Frissella lui apparaît.

Elle le regarde droit dans les yeux. Sans bouger. Sigsig ne se sent pas trop mal. Mais il faut qu'il s'approche davantage afin de lire l'iris de la jeune fantôme.

Il s'avance. Soudain, la figure de Frissella se déforme et ondule. Sur son visage, des vagues s'agitent.

– Ne ris pas ! ordonne Sigsig, étourdi.

Immédiatement, Frissella reprend son sérieux. Même son visage ne doit pas bouger. C'est difficile. Avec ses lunettes, Sigsig est tellement drôle !

Le docteur s'approche encore plus. Pour bien étudier l'iris de Frissella, il doit se retrouver nez à nez avec elle. Frissella a toutes les peines du monde à ne pas pouffer. Ses épaules sont secouées d'un fou rire.

– Ne bouge pas, supplie Sigsig.

Enfin, son nez se colle à celui de Frissella. Le fantômirisologue s'immobilise et peut observer calmement l'iris de la petite fantôme.

LE MAL DE MER DE SIGSIG

Le docteur n'a jamais vu un iris semblable : une magnifique couronne bleue, entrecoupée de fines lignes dorées. On dirait un astre lumineux.

Distrait par la beauté de cette superbe rosace, Sigsig oublie ce qu'il doit faire.

– Alors, docteur, vous voyez quelque chose ? demande Frissella.

– Oui, oui, sursaute Sigsig. Donne-moi encore quelques secondes.

Silencieusement, le fantômirisologue analyse les lignes dorées de l'iris. Soudain, il aperçoit quelque chose de très net. De très clair.

– Je connais le remède qu'il te faut! s'exclame-t-il.

Frissella lève la tête.

– Ne bouge pas! lance Sigsig, saisi par un violent haut-le-cœur.

Mais Frissella ne l'écoute pas. Elle a vu une casquette rouge filer devant elle. Une casquette qu'elle connaît bien.

Sans s'occuper de Sigsig qui vacille, elle se précipite à la poursuite de la casquette. Sous la casquette, une fiole plane dans les airs.

Abasourdi par tous ces mouvements brusques, Sigsig tombe assis sur le sol. Ses cheveux, comme son visage, tournent au vert. Il va être malade. Le cœur dans la gorge, il lève péniblement les yeux.

À travers un voile flou, sa cuisine tout entière se balance. Devant son regard qui chavire, un petit fantôme coiffé d'une casquette rouge s'enfuit avec la fiole contenant le parfum de l'iris Atchium. Derrière, dans un mouvement ralenti, Frissella cherche à le rattraper. Sigsig a l'impression que les deux fantômes nagent sous l'eau. L'estomac à l'envers, le docteur n'en peut plus. Les yeux révulsés sous ses lunettes, il tombe sur le dos... dans les pommes.

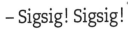

– Sigsig! Sigsig!

Frissella lui a ôté ses lunettes. Penchée au-dessus du docteur évanoui, elle lui tape doucement les joues pour le réveiller. Rien à faire : Sigsig reste mou comme de la guenille. Frissella se dirige vers l'évier et remplit un grand verre d'eau froide.

– Ça va sûrement le réveiller.

Après un moment d'hésitation, elle jette l'eau glacée sur la figure du docteur, qui se réveille en sursaut, les cheveux en points d'exclamation.

– Au secours! Je me noie!

– Non, docteur. C'est moi, Frissella. On est dans votre cuisine, dans la Joyeuse maison hantée.

– Quoi? J'étais sur un bateau, au milieu d'une tempête. J'avais le mal de mer. Puis j'ai reçu une énorme vague en pleine figure.

– C'était juste un verre d'eau pour vous réveiller.

– Me réveiller?

– Oui. On s'est fait voler le parfum de l'Atchium! C'est Pfttt!

– Pfttt?

– Oui, Pfttt a pris la fuite avec la fiole. Je n'ai pas pu le rattraper. Il s'est sauvé dans la Forêt enchantée. Pfttt! Disparu! Il

est rapide, le petit garnement! Mais j'ai
réussi à lui arracher ça.

Frissella tient une casquette rouge.
Sur le devant, Sigsig peut lire:

– C'est sa casquette, explique Frissella.
Je le connais bien. C'est un bon petit gars.
Il m'a aidée, une fois. Je ne comprends
pas pourquoi il vous a volé.

– Tu pourrais le reconnaître?

– Facile. Il a le crâne rasé et porte des
culottes et des gilets trop grands pour
lui.

– Il faut le rattraper.

– Ça, c'est plus difficile. Il est très
rapide. Mais je sais où il habite.

– Où ça?

– À l'Asile pour fantômes défectueux!
Et vous savez quoi? Il tient à sa casquette comme à la prunelle de ses yeux.
Quand il la porte, il peut atteindre des
vitesses phénoménales. Il va vouloir la
récupérer, c'est certain.

– Dans ce cas, on lui offrira un échange.
La casquette contre la fiole.

– Quelle bonne idée!

– Frissella, à toi de jouer! Tu vas te
rendre à l'Asile pour fantômes défectueux
et récupérer le parfum de l'Atchium.

– Pourquoi moi?

– Parce qu'il te faut ce parfum.
L'Atchium est le remède contre ton invisibilité chronique.

– Hein?

– Dans l'iris de ton œil, c'était très
clair. Cela n'a duré qu'une seconde, mais
j'ai eu le temps de le voir. Tu dois

récupérer la fiole. Pour ça, tu traverseras la Forêt enchantée… jusqu'à l'Asile.

– Traverser la Forêt enchantée ? Encore !

– Tu n'as pas le choix. C'est le seul chemin vers ta guérison.

LA PALETTE VERS L'ARRIÈRE

Le lendemain matin, Sigsig et Frissella se retrouvent au milieu du jardin. Évidemment, on ne peut voir que le docteur.

Autour d'eux poussent toutes sortes de légumes et de fleurs étranges. Des tulipes-serpents, des concombres-spirales, des tomates à pois, des jacinthes rayées... rien que des plantes bizarres et mystérieuses. Sigsig connaît l'utilité de chacune. Son jardin, c'est sa pharmacie. Il y trouve tous les médicaments dont il a besoin pour guérir les étonnantes créatures qui se présentent à la Joyeuse maison hantée.

Au fond du jardin, se trouve la Forêt enchantée.

– Tu connais cette forêt, commence Sigsig, qui semble parler tout seul. Tu sais qu'elle est peuplée par les créatures inventées par les mortels.

– Oui, je sais, répond Frissella. Ils ont tellement d'imagination, ces mortels !

– Voici la casquette de Pfttt. Grâce à elle, tu devrais facilement récupérer la fiole. Allez ! Courage ! Utilise la casquette.

Hésitante, Frissella pose la casquette rouge sur sa tête... Rien ne se passe.

– La palette vers l'arrière, suggère Sigsig.

Doucement, la fantôme fait pivoter la casquette. Soudain, au moment exact où la palette se retrouve en arrière de sa tête... *pfttt!*... Frissella est propulsée vers l'avant.

Comme une fusée, elle plonge dans la Forêt enchantée.

Frissella file entre les arbres. Sa vitesse est tellement grande qu'elle ne voit que des traits de lumière de chaque côté. Elle se sent comme la foudre qui traverse le ciel.

Tout à coup, Frissella sent le vent dans ses cheveux. Sa course ralentit aussitôt. Elle pose sa main sur sa tête... Plus de casquette !

Autour d'elle, la Forêt enchantée est réapparue, magnifique. Non loin, sous un arbre triste, un gros bonhomme à la barbe blanche, tout rond et habillé de rouge, tient la casquette de Pftttt.

– Le père Noël! s'exclame Frissella.

Le personnage examine la casquette avec beaucoup d'intérêt. Il la retourne dans tous les sens.

– Hé! lance Frissella. Rendez-moi ma casquette.

Le bonhomme lève les yeux, mais ne voit rien.

– Hein? Qui parle?

– C'est moi. Je m'appelle Frissella. Je suis une fantôme.

– Je ne te vois pas.

– Oui, je sais. Je suis défectueuse. Rendez-moi ma casquette.

Un peu à contrecœur, le père Noël tend la casquette devant lui. Frissella s'approche et la récupère. Puis elle la pose sur sa tête, la palette vers l'avant.

– Je suis sous la casquette.

– Heureux de te rencontrer, ma petite Frissella.

Le gros bonhomme tend sa main gantée de blanc. La fantôme la serre, un peu émue. Serrer la main du père Noël fait toujours chaud au cœur.

– Vous avez l'air triste comme cet arbre, constate Frissella en désignant le saule pleureur sous lequel ils se trouvent tous les deux. D'habitude, vous êtes joyeux. Vous riez tout le temps. Que se passe-t-il?

– Je ne suis plus aussi populaire qu'avant. Les enfants m'aiment moins, on dirait. Je pense que je ne suis pas à la mode avec mon bonnet rouge à pompon blanc. C'est trop ancien, pas moderne du tout. Quand j'ai vu passer ta casquette filante, je l'ai saisie au vol. Je me suis dit qu'une casquette rouge pour remplacer mon vieux bonnet, ce serait chouette.

– Le père Noël avec une casquette! Ça n'a pas de sens! Moi, je pense que le problème, ce sont les cadeaux que vous distribuez aux enfants à Noël.

– Qu'est-ce qu'ils ont, mes cadeaux? J'ai de la difficulté à tout donner, tellement il y en a. Et tout ça en une seule nuit. Peut-être qu'une casquette filante comme la tienne, justement... Les rennes, le traîneau... c'est tellement compliqué.

– Non, père Noël, oubliez la casquette. Il faut penser à autre chose.

– À quoi?

– Est-ce que tous les enfants reçoivent des cadeaux ?

– Euh... non.

– Peut-être que vous seriez plus populaire si tous les enfants en recevaient, non ?

– Euh...

– Écoutez, père Noël, je dois m'en aller. On se reverra peut-être. Allez ! Bonne chance !

Frissella tourne aussitôt le dos au père Noël et fait pivoter la casquette sur sa tête. Vive comme l'éclair, elle disparaît entre les arbres de la Forêt enchantée.

L'ASILE

En quatre secondes à peine, Frissella se retrouve à l'autre bout de la Forêt enchantée. Vivement, la petite fantôme enlève sa casquette afin d'arrêter sa course. Devant elle s'élève l'Asile pour fantômes défectueux.

Sous un ciel vert, l'édifice est douce-ment bercé par les vagues d'une plaine bleue. On dirait un immense paquebot blanc et paisible.

Frissella s'avance dans la plaine ondoyante en direction de l'entrée prin-cipale, où il est inscrit:

TRAVERSEZ LA PORTE
ET ATTENDEZ DANS LE HALL

Whooouuch!... Frissella traverse la porte et se retrouve à l'intérieur de l'Asile.

Il n'y a que des murs et des portes. Pas de plancher, pas de plafond. Tous les meubles flottent dans le vide, comme des fantômes. Au-dessus de Frissella, que le vert du ciel et, en dessous, le bleu de la plaine... à l'infini... à perte de vue. C'est vertigineux.

Soudain, un déchirement se fait entendre.

Crouischt!

Un très long fantôme tout effiloché apparaît dans le hall.

– Échancrure! se réjouit Frissella.

– Frissella! Tu es encore défectueuse?

– J'en ai bien peur... Je veux voir le directeur Rond. Conduis-moi à lui.

Échancrure est le Grand Portier de l'Asile. Malgré ce titre, il ne passe jamais par les portes. Il traverse les murs. Tous les murs. Personne ne sait pourquoi. Et chaque fois qu'il traverse un mur, il perd un morceau, qui disparaît dans le vide bleu, sous lui.

– Bien, Frissella, suis-moi.

Crouischt! Échancrure traverse un premier mur, immédiatement suivi par la casquette rouge. *Crouischt! Crouischt! Crouischt!* Trois autres murs et les voilà rendus dans la grande salle de repos pour fantômes défectueux.

Là, sous un immense lustre suspendu dans le vide vert du ciel, une centaine de fantômes se bercent avec ardeur, chacun affligé d'une défectuosité particulière.

Frissella a le temps d'apercevoir un fantôme avec des cheveux carotte et une pipe crochue plantée dans une grosse moustache orange. Un autre, avec des oreilles de lapin et des pieds trop longs, n'arrête pas de jouer avec une télécommande en direction d'un téléviseur invisible. Mais celui qui surprend le plus Frissella, c'est le fantôme joueur de hockey. Revêtu d'un chandail des Canadiens de Montréal, il se berce fièrement avec tout son équipement, depuis le casque jusqu'aux patins à glace.

Soudain, tous les fantômes cessent de se bercer.

Un immense fantôme blanc vient de pénétrer dans la salle de repos. On dirait un bonhomme de neige. Aussi large que haut, le personnage porte une grande cravate colorée. De chaque côté, ses deux mains flottent dans le vide, sans bras.

– Le directeur! s'exclame Frissella.

– Oui, approuve Échancrure. C'est Rond.

Le silence s'est installé dans la pièce. Rond va parler.

– Mes bons amis, j'ai une grande nouvelle à vous annoncer.

Tous les fantômes se sont immobilisés. Le directeur s'adresse rarement à eux. Ce doit être très important.

– Quelqu'un de vraiment spécial vient de faire son entrée dans l'Asile, poursuit Rond.

Frissella écoute de toutes ses oreilles. Elle se demande bien quel est cet invité mystérieux. Les paroles du directeur sont si solennelles!

– J'ai le plaisir de vous présenter un membre illustre de notre grande communauté. Cette fantôme n'a pas beaucoup d'expérience, mais sa volonté de réussir est si forte qu'elle sera un exemple pour nous tous. Je suis certain que son témoignage vous intéressera au plus haut

point. J'ai le plaisir de vous présenter...
Frissella!

Le directeur Rond pivote sur lui-même. Sa main droite invite tous les fantômes défectueux à se tourner vers la casquette rouge. Les chaises berceuses craquent dans le silence de la salle de repos.

Frissella est tellement gênée qu'elle ne sait pas quoi faire. Tous les fantômes défectueux se demandent ce qui se passe.

– C'est la casquette de Pftttt! chuchote-t-on ici et là.

Frissella, impressionnée, s'avance. Devant elle, l'assemblée des fantômes défectueux s'est tue pour l'écouter. Elle doit trouver quelque chose à dire.

– Eh bien... je... euh..., commence-t-elle timidement.

Le bon gros directeur Rond voit bien que Frissella est troublée.

– Dis-leur pourquoi tu es ici… tout simplement.

Du coup, Frissella retrouve son assurance.

– Je suis ici parce qu'un petit garnement de fantôme a volé le remède dont j'ai besoin. Il s'appelle Pfttt et j'ai sa casquette. Il ne l'aura pas tant qu'il ne m'aura pas rendu la fiole qui contient mon remède. Je sais qu'il se cache ici, à l'Asile. S'il a un peu de courage, qu'il se montre !

– Hé ! Ho ! Par ici !

D'un seul mouvement, tous les fantômes assis dans les berceuses se retournent. Dans le fond de la salle de repos, un petit garçon en espadrilles, le crâne rasé, portant gilet et bermuda extralarges, se tient droit et fier.

À bout de bras, il brandit une fiole sur laquelle chacun peut lire : « Atchium ».

LA FIOLE ET LA CASQUETTE

– C'est ce que tu cherches, Friss ? demande Pfttt.

Tous les fantômes présents sont étonnés par cette scène étrange...

Tous ? Non. Sur les lèvres du directeur Rond, un petit sourire est apparu. Tout se déroule comme prévu.

– Et toi, Pfttt, tu la veux ? lance Frissella, décidée à affronter le petit prétentieux.

– Ma casquette !

– La fiole que tu tiens, c'est mon remède.

– Tu es sûre que c'est ton remède ? demande Pfttt.

– Sigsig l'a dit. Il l'a lu dans mon iris. Sigsig est un grand fantômirisologue.

– Fantômirisologue, mon œil !

En entendant ça, le directeur Rond se retient pour ne pas pouffer. Mais Frissella ne l'entend pas de la même façon.

– Ne te moque pas du docteur Sigsig, Pfttt ! lance-t-elle, insultée. C'est un homme bon. Il veut m'aider, alors que toi...

– Moi aussi, je veux t'aider.

– Alors, donne-moi cette fiole !

– Tu sais ce qu'elle contient ?

– Elle contient le parfum de l'iris Atchium. Le parfum qui guérit l'invisibilité chronique.

– Tu as raison, approuve Pfttt. Ce parfum peut guérir ton invisibilité... pour toujours.

– Pour toujours ? s'inquiète soudain Frissella.

– Oui, Friss. Si tu respires ce parfum, tu deviens visible pour toujours. Plus possible de disparaître. Et tu te retrouves avec une maladie encore plus grave... la visibilité chronique ! Voilà pourquoi Rond m'a demandé de voler la fiole.

Peu à peu, Frissella comprend. Être toujours visible ! Ce n'est pas une vie de fantôme, ça !

– Pourtant, commence-t-elle, Sigsig avait dit...

– Il ne faut pas blâmer le bon Sigsig, intervient le directeur Rond. J'ai demandé à Pfttt de voler la fiole parce que Sigsig t'aurait fait respirer le parfum tout seul. Je l'ai vu dans ma cravate magique. Le docteur est un grand savant, mais il ignorait qu'il fallait ajouter un autre ingrédient dans la fiole.

– Un autre ingrédient? Lequel? demande Frissella.

– Presque rien... Une larme de père Noël.

Les fantômes défectueux sont suspendus aux lèvres de leur directeur. Une larme de père Noël! C'est très rare. Le père Noël ne pleure jamais. Il rit tout le temps.

– Je sais comment l'obtenir, moi, cette larme! s'exclame Frissella au bout d'un moment. Je sais où se trouve le père Noël. Il est dans la Forêt enchantée, sous un arbre triste. Je l'ai rencontré tantôt.

– Dans la Forêt enchantée? s'étonne Pfttt. Tu ne pourras jamais le retrouver. Rencontrer deux fois le même personnage dans cette forêt, c'est impossible!

– Il existe pourtant un moyen, intervient Rond.

Ses deux mains s'écartent afin de laisser voir sa large cravate. Frissella s'avance. Sur la cravate, elle aperçoit un saule pleureur. Et, assis dessous… le père Noël!

– Il est là, sur la cravate! s'exclame Frissella en pointant du doigt la bedaine du directeur du doigt. Comment je fais pour y aller?

– Tu n'as qu'à plonger dans la cravate, explique Pfttt.

– Plonger dans la cravate du directeur?

– Oui, en plein milieu.

Frissella recule aussitôt pour prendre son élan et foncer sur le directeur. Mais une main ronde et blanche l'arrête.

– Tu n'oublies pas quelque chose? demande Rond.

Frissella voit alors Pfttt qui lui tend la fiole. La fantôme enlève la casquette rouge et la lui redonne. Elle récupère le précieux parfum.

– Maintenant, vas-y! lance Rond. La tête la première!

– Oui, Friss! Vas-y... de toutes tes forces... juste au-dessus du nombril.

Les fantômes défectueux sont éber-
lués. Frissella fonce sur leur directeur
bien-aimé.

– Oumpf! fait simplement Rond au
moment de l'impact.

Le directeur chancelle un peu. Après
un moment d'incertitude, il retrouve son
sourire apaisant.

– Frissella est avec le père Noël,
annonce-t-il enfin.

Sur ces mots, toute l'assemblée recom-
mence à se bercer. Dans le cœur de
plusieurs, le goût de se lever et de se battre
pour guérir vient de naître.

Dans le cœur de Pfttt, c'est autre
chose.

Et dans celui de Rond s'installe le
sentiment du devoir accompli.

UNE LARME DE PÈRE NOËL

Le père Noël est toujours assis sous le saule pleureur. Il réfléchit aux dernières paroles de Frissella au sujet des cadeaux: «Peut-être que vous seriez plus populaire si tous les enfants en recevaient, non?»

Soudain, un bruit attire son attention. Il lève les yeux et aperçoit une jolie fiole suspendue dans les airs.

– C'est encore moi, Frissella...

– Tu as échangé ta casquette contre une fiole?

– Oui, répond Frissella.

– Et qu'est-ce qu'il y a dans ta fiole?

– Un remède contre mon invisibilité chronique. Mais il manque un ingrédient.

– Lequel?

– Une larme de père Noël. Il faut que vous pleuriez.

– Moi, pleurer!

À cette idée saugrenue, le père Noël éclate de rire.

– Ho, ho, ho!... Hi, hi, hi!... Ha, ha, ha!...

C'est plus fort que lui. C'est tellement dans sa nature de rire. Et puis, l'idée de pleurer, c'est trop drôle!

– Hi, hi, hi!... Ho, ho, ho!... Ha, ha, ha!...

Le bonhomme se tient les côtes. Ça n'arrête pas. Foi de Frissella, jamais le père Noël n'a tant ri. Le pompon de son bonnet rouge bat l'air dans tous les sens. À deux mains, il se tape les cuisses. Il n'en peut plus. Il se tord dans l'herbe. Ses pommettes n'ont jamais été si rouges. Le père Noël, pleurer! Quelle idée folle!

Frissella ne sait pas quoi faire pour arrêter cette crise d'hilarité. La petite fantôme, la fiole à la main, commence à être inquiète. Elle ne peut qu'assister, impuissante, à cette scène étonnante. Frissella avait toujours pensé que le père Noël se forçait pour rire, mais là...

C'est alors qu'elle voit une petite étoile briller au coin de l'œil du père Noël.

– Une larme! s'écrie-t-elle.

Le père Noël est en train de rire aux larmes! Frissella doit cueillir cette larme. Mais comment?

La fiole! Vite, ouvrir la fiole juste au moment où la larme va tomber, attraper la goutte qui se mêlera au parfum de l'Atchium, puis reboucher la fiole.

Mais le père Noël bouge trop. Il n'arrête pas de se tortiller dans tous les sens. Quelle souplesse pour un vieux bonhomme!

– Arrêtez de rire! Calmez-vous! Vous allez vous faire mal.

Enfin, le fou rire du père Noël commence à s'apaiser.

Frissella surveille la larme qui coule encore sur la joue du bonhomme redevenu calme. Si la fantôme n'agit pas vite, la goutte précieuse va se perdre dans la barbe blanche.

Frissella s'approche, prête à ouvrir la fiole. Son cœur palpite. Elle ne doit pas perdre cette larme. Soudain, dans un geste inattendu, le père Noël lève le bras. De sa main gantée de blanc, il essuie la goutte.

Frissella n'en croit pas ses yeux. Avec cette larme perdue s'évaporent tous ses espoirs de guérison. Désespérée, elle s'écroule sur le sol, sans connaissance. La fiole roule à ses côtés.

Épuisé, le père Noël ferme les yeux et tombe endormi.

Plus rien ne bouge.

Sous le saule pleureur, on peut voir une fiole couchée et un père Noël qui ronfle paisiblement.

Ce qu'on ne peut pas voir, c'est Frissella, étendue dans l'herbe, évanouie.

UNE DENT DE LION ?

Dans son jardin, le docteur Sigsig examine une série de fleurs pleines de promesses. De temps en temps, il regarde du côté de la Forêt enchantée d'un air inquiet. Il espère voir apparaître Frissella.

Il aperçoit soudain le père Noël, tout seul au bord de la Forêt, les bras tendus devant lui, comme s'il portait un paquet.

– Je vous ramène Frissella, prononce-t-il tristement. Ça n'a pas été facile de la prendre dans mes bras. Elle est toujours invisible.

– Approchez, dit Sigsig.

– Si je sors de la Forêt enchantée, je cesse d'exister. C'est vous qui devez venir. J'ai aussi autre chose pour vous, monsieur Sigsig. Regardez au fond de ma poche.

Le docteur se penche et plonge la main dans la poche rouge du père Noël. Il en sort une fiole.

– Le parfum de l'iris Atchium! s'écrie Sigsig. Je vais pouvoir guérir Frissella!

– Oui, mais il manque un ingrédient.

– Quoi donc? s'étonne Sigsig.

– Une larme de père Noël. Mais je suis incapable de pleurer. Tout ce que je sais faire, c'est rire. Hi, hi, hi! par-ci. Et ha, ha, ha! par-là. Et ho, ho, ho! avec les grelots. C'est décourageant à la fin.

– Ça ne vous arrive jamais de penser aux enfants qui n'ont pas de cadeaux à Noël?

– Frissella m'en a parlé. C'est bien triste, tout ça, mais je n'y peux rien. C'est impossible de donner des cadeaux à tout le monde.

Sigsig a alors une idée.

– J'ai une dent-de-lion, annonce-t-il.

– Vous avez une dent de lion?

– Oui, une dent-de-lion magique. Attendez-moi ici, je reviens.

Le docteur retourne dans son jardin. Il cueille une fleur jaune bien ordinaire et revient vers le père Noël, qui tient toujours Frissella, invisible et sans connaissance, dans ses bras.

– Un pissenlit! s'étonne le père Noël.

– Oui, les mortels lui donnent ce nom. Mais ce pissenlit est spécial, car ses fruits sont des sourires. Quand ils sont mûrs, vous n'avez qu'à souffler sur la fleur et les sourires s'envolent. Ils sont légers et peuvent pénétrer partout, même dans les maisons les plus pauvres. Il y en a à l'infini. Rien qu'avec cette fleur, vous pouvez distribuer des sourires à tous les enfants du monde. Tenez…

Le docteur Sigsig prend doucement Frissella dans ses bras et le père Noël, éberlué, se retrouve avec une minuscule fleur jaune coincée entre le pouce et l'index.

Pendant ce temps, Frissella se réveille. Lentement, elle revient à elle. Sigsig la

pose par terre, à côté de lui. Tous les deux, ils regardent le père Noël, profondément ému.

Ses yeux ronds, fixés sur la fleur magique, se remplissent d'eau. C'est son premier cadeau. Jamais avant aujourd'hui le père Noël n'en avait reçu. Il comprend surtout que tous les enfants du monde vont pouvoir en profiter. Une larme se prépare à couler.

Une larme de père Noël va tomber.

Une larme de joie tombe.

Sigsig ouvre la fiole et attrape la goutte impossible. Vivement, il rebouche la fiole.

Le père Noël ramasse sa poche vide. Armé de sa dent-de-lion magique, il tourne les talons et s'enfonce dans la Forêt enchantée. Sigsig et Frissella le regardent disparaître dans ce monde étrange créé par les mortels.

Après un moment de silence, le docteur demande :

– Où est ton nez ?

Frissella prend doucement la main de Sigsig et la pose sur son visage. Le docteur ouvre alors la fiole et la place sous le nez de la jeune fille.

– Vas-y, ma belle, prends une grande inspiration.

La fantôme ferme les yeux, ouvre les narines et inspire le parfum de l'iris Atchium. L'arôme, mêlé à la joie du père

Noël, pénètre dans Frissella et rejoint toutes les fibres de son corps.

Sous les yeux ébahis de Sigsig, Frissella apparaît lentement. Le bon docteur se demande comment une si jolie fille peut arriver à terroriser les petits mortels...

REYNALD CANTIN

Une fois par année, Frissella quitte la tête de son auteur. Celui-ci ne peut empêcher la jeune fantôme de descendre vers son cœur, de se glisser le long de ses bras… jusqu'au bout de ses doigts, qui tapent sur le clavier de l'ordinateur. Et l'aventure commence. Frissella, dans le monde des mots, se démène comme elle peut en vivant son destin de fantôme. Le calme revenu, elle retourne se reposer dans le nid où elle est née, entre les deux oreilles de Reynald Cantin.

PAULE THIBAULT

Paule Thibault a plusieurs passe-temps, plusieurs passions : lire, marcher en forêt, écouter de la musique, voyager… Mais, par-dessus tout, elle adore dessiner ! Monstre, fantôme et chat de sorcière n'ont plus de secrets pour la talentueuse illustratrice de la JMH !

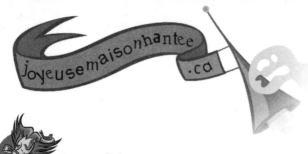

Le cabinet de Sigsig

Lis les dernières nouvelles de la Joyeuse maison hantée. Écris aux personnages, et amuse-toi avec la grenouille Carmelita au jeu de *La détectrice de mensonge*.

La bibliothèque

Lis des extraits des romans ainsi que les *petits plaisirs* des créatures fantastiques. Apprends plusieurs secrets sur les créateurs de la Joyeuse maison hantée.

La cuisine

Découvre les jeux qui se cachent dans les marmites bouillonnantes, dans des fioles et dans des bouteilles de potion magique.

www.joyeusemaisonhantee.ca

La Joyeuse maison hantée

Mouk le monstre

Auteure: Martine Latulippe
Illustratrice: Paule Thibault

1. Mouk, en pièces détachées
4. Mouk, le cœur en morceaux
7. Mouk, à la conquête de Coralie.
   À paraître en 2006.

Abrakadabra chat de sorcière

Auteur: Yvon Brochu
Illustratrice: Paule Thibault

2. La sorcière Makiavellina
5. La sorcière Griffellina
8. La sorcière Méli-Méla. À paraître en 2006.

Frissella la fantôme

Auteur: Reynald Cantin
Illustratrice: Paule Thibault

3. Frissella frappe un mur
6. Frissella ne se voit plus aller
9. Frissellaaaahh! À paraître en 2006.

Auteur : Yvon Brochu
Illustrateur : David Lemelin

Romans

1. Galoche chez les Meloche
2. Galoche en a plein les pattes
3. Galoche, une vraie année de chien
4. Galoche en état de choc
5. Galoche, le vent dans les oreilles

BD

1. Galoche supercaboche
2. Galoche supercaboche... et le club des 100 000 poils

www.galoche.ca

Le Trio rigolo

AUTEURS :
JOHANNE MERCIER, REYNALD CANTIN, HÉLÈNE VACHON

ILLUSTRATRICE : MAY ROUSSEAU

www.triorigolo.ca

École Jean Leman
4 ave Champagne
Candiac, Qué
J5R 4W3